호랑이를 탔다

황금알 시인선 89

호랑이를 탔다

초판발행일 | 2014년 8월 9일

지은이 | 엄태경
펴낸곳 | 도서출판 황금알
펴낸이 | 金永馥
선정위원 | 마종기 · 유안진 · 이수익 · 문인수
주　간 | 김영탁
편집실장 | 조경숙
표지디자인 | 칼라박스
주　소 | 110-510 서울시 종로구 동숭동 201-14 청기와빌라2차 104호
물류센타(직송 · 반품) | 100-272 서울시 중구 필동2가 124-6 1F
전　화 | 02)2275-9171
팩　스 | 02)2275-9172
이메일 | tibet21@hanmail.net
홈페이지 | http://goldegg21.com
출판등록 | 2003년 03월 26일(제300-2003-230호)

호랑이를 탔다

엄태경 시집

황금알

막연히

저어기, 라는

느낌을 향해

뛰어가다 문득, 놀자

놀자 눈치 없이

그냥

차 례

1부

2부

3부

4부

1부

하루 죽도록 달리다

울지 마 소리치는 아이 목소리에
어른이 들어 있다 더 작은 아이는
물고 있던 울음을 꿀꺽 삼키며 간다
멀쩡한 담은 왜 허물구 지랄들이냐아
큰소리 지르던 늙수그레한 남자는
담장 없는 동네 좋아하시네
비틀거리며 지나간다
달리고 달리던 시간이
조금씩 속도를 늦춘다
저녁도 밤도 아닌 무렵
등이 부푼 듯 아프다
보이지 않는 손이 사포질을 시작한다
부푼 등을 사각사각 긁어내는 소리
눈앞이 비어 있는 동안
그 소리만이 울며 지나간다

떠도는 봄

언뜻 본 것도 같다
내려오려는 힘과 올라서려는 힘이
가파르게 부딪치는 축대에서
목청 커진 햇볕이 귀먹은 담장을 와르르
무너뜨리는 그 집 모퉁이를 돌 때에
찰칵 매끄럽게 돌아간 열쇠 소리를 듣고도
문을 열지 못하고 머뭇거리던 사이쯤
방바닥에 엎드려 생각의 머리채를 털썩
풀어내 꼬고 비비고 감고 당기는데
툭
등을 치는 투명한 웃음

짠한 오후

상가건물과 아파트 벽 사이
검은 우산이 펼쳐진다
무겁게 쏟아지는 햇볕 아래
우울한 그늘이 생기고
차례차례 담아놓는 호박잎이며 상추가
새파래진 입술을 잘근 물고 있다

시장까지 들어갈 것도 읍써
푸성구는 죄다 여기서 사면 돈 버는 거여
맨날 나와 있으니 요리로 와 알었지 응

어정대며 혼잣말이 따라와서
슬쩍 돌아본다 검은 우산 아래
구부러진 뒷모습 푸성구 할머니
허리가 접히도록 외로우셨나 보다

큰 소리로 울다

느닷없이 받아든
편지를 읽는다

눈앞이 시퍼렇다가
노랗게 멍이 삭도록
읽고 또 읽고

훌쩍 가버렸는데
아니라고 미련을 떨다
기억나는 문이란 문이
한꺼번에 꽝 닫힌 뒤
얼어붙어 실 한 올
빠져나올 틈이 없었는데
어느 문틈을 녹이고 흘러온 것인지

눈이 멀도록 읽어도
끝이 없다

즐거운 그림

벽에 걸린 그림 한 장이 팔랑 떨어진다

고여 있던 물감들이 와글거리며 튀어나온다

지나가던 아이의 얼굴이 환하게 소리친다

그림이 그림을 다시 그리고 있어

거기 배나무집

불을 끄고 누워 듣는다
바람이 세상을 빗질하는 소리를
비 오고 어둑한 낮이 지나고 정말
어두워진 뒤 귀는 더욱 밝아져서 그런데
그 집 마당을 지키는 배나무에 발끝으로 선
배꽃들 하얀 등불을 켜느라 바스락거릴
미처 심지를 올리지 못한 배꽃들도
톡 조그만 심지를 올리고 불 켜는 소리를
하얗고 조그만 등불들이 바람의 빗질 속에서
바스락 톡톡 거릴 뼈가 단단해지느라
하루하루가 몹시 고단하던 그 집도
지금 귀가 밝아져 듣고 있을까

수북한 밥 한 그릇

멍한 아침과 뚱한 점심
지나 심심하게 찌그러져
속 빈 저녁

철없는 입맛은 제멋대로 달아나
배부른 밥집 문들을 두드리고
흔들어보고 발로 차고 치미는 욕
가릴 것 없이 퍼붓고 돌아오다
우물거리던 불빛 꿀꺽 삼킬 듯
배고픈 그 밥집 앞에 서면 아직
땀내와 고단함이 뒤섞인 기척들
뭐냐 궁금해하지도 않는데
아, 예 그냥 저기
엉덩방아를 찧고 돌아와

말라붙은 밥알들이 묵은내를 풍기는
밥통 앞 숟가락질 대신
꽉 찬 술 한 잔

편두통이 말하다

어떤 사나운 입에 물어 뜯겼나 뭉개진 팥이 피처럼
엉긴 빵조각에 뭉텅 잇자국이 시리고 비리다 옆구리
아니면 뒷덜미 흉측스러운 갈고리에 찍혀 매달리듯
허둥지둥 걸어보지만 시린 피 냄새와 비릿한 신음이
쟁쟁하다 닥쳐 귀가 세게 울리고 눈알이 땅바닥에
떨어져 요란하게 굴러간다 달, 달려 혀가 더듬대다
딸꾹 뒤집힌다

얼싸 백마강

그해 봄
백마강은 좋아들어
강을 건너는 배들은
강바닥을 긁어야 했다

배 안 결혼반지를 슬쩍 돌려 낀
남자들은
건성건성 강물을 내려다보고
모락모락 낯이 붉어진
여자들은
터져 나오는 웃음을 감추지 못했다

어질어질 날아든 꽃잎 몇 개
좋아들면 좋아든 대로
강줄기에 누워 재갈 대며 갈 것이지
강을 다 건너도록 꽃잎들
눈만 떴다 감았다 했다

신 나는 배우 집게벌레

한참 몸을 이리저리
굴리고 뻗어보다
세상을 버린 듯 누워 있다
엉겁결에 삼킨 칼날은
배꼽 아래 꽂혀
신 내린 듯 부들부들 떨고
잔뜩 힘주고 있으려니
커다란 놋쇠방울들이
쩌렁쩌렁 운다 다시
기운을 차리고 새로워질 때까지
나 따위는 까맣게 잊어야 한다
아무 때나 칼날을 뱉지 마라
피 흘리는 신음에 흠뻑 젖어도
조심 또 조심

문산리 가는 길

강화로 가는 길은 담담하다
곱게 구불거리는 길들을 지나 순하고
낮은 산들과 둥그런 땅이 있는 곳
바다는 멀리서 가까이서 오락가락 웅얼거리고
고개를 돌리면 낯익은 웃음을 만날 듯해서
눈길을 접으며 가는 길 옆자리 동남아시아인은
끊임없이 울려대는 전화기에 대고 높은 목소리로
비밀 같은 음절들을 빼곡하게 채워 넣다 나는
대곶 사거리 몰라요 몰라 더듬더듬 가라앉는다
몰라 그러면 어떻게 갈래 버스기사는 자꾸
물어대고 까만 얼굴에 매달린 동남아시아인의
웃음이 하얗게 바래는데 가는 비 내린다
대곶 사거리라 비가 점점 굵어지고 버스기사는
무뚝뚝하게 대곶 사거리 내려 말을 잘랐지만
우산까지 챙겨준다 갑자기 퍼붓는 비
그런데 문산리는 어디쯤인가 막막해진다

저녁, 문산리

저기 바다는 비를 가두어 자꾸
부풀고 여기 찻집에는 생각 없이
시켜놓은 팥빙수가 큼지막한 제 몸을
몰래 삼키느라 키득거린다
떠나간 시간을 이야기하기에는
너무 멀리 왔다 되돌아보기가 쓸쓸해
눈을 감으려는데 찻집 뜰에 서 있는
가로등이 하나씩 켜지기 시작한다 이제
바다는 보이지 않고 얼핏 찻집 창에 비친
시간이 낯설어 고개를 돌릴 때 강화
문산리 저녁이 천천히 멀어진다

안녕, 미스 박朴

돌산에서 돌은 안 깨고 와 머리통은 깼노 옴마야 입 좀
크게 벌리 보소 아구우 술 냄새야 병원도 없는데 낼로
우째라고 이마가 깨지고 입안 가득 핏물을 물고 온
사내는 술기운에 기대 혀끝을 붙이고 갔다

얼라 꺼믄 어쩔 낀데 떴다 풀렀다 허는 기야 내 맘이제
약국일 아니몬 심심해서 안 그렇나 뭐가 그리 궁금하노
남쪽 어딘가에 아이를 두고 왔다는 징그러운 소문에도
고불거리는 털실뭉치를 놓지 않았다

누가 그카드나 세상에 맹송한 굴뚝에서도 연기 난다
아이가
  내가 무신 늄의 젓가락 장단을 뚜딜겼다꼬 참말로 지
금은
  추레해도 전에는 여군이었다 와 몬 믿겠나 씩씩하게
돌아서
  두툼한 손등으로 쓱 눈가를 훔쳤다

오래지 않아 별내면 덕송리 달랑 하나뿐인 약국에서

그녀의 모습이 사라졌다 덕송리 사람들은 아쉬울 때면
미스 박ㅊㅐ은 하다가도 미스는 무슨 미스 서로 삐죽거리다
여기저기 눈들을 흘겨댔다

비상구는 어디

주머니란 주머니를
모조리 끌어내었다 쑤셔 넣는다
아무것도 그리지 않는 게 낫다
라고만 쓰여 있는 그림 앞에 서자
어느 손가락인지 손끝이 아파
화랑 가장 밝은 조명 아래
눈 가까이 대고
비벼보기도 하고 하나씩
핥아보기도 하다 열 손가락 모두
아무것도 그리지 않은 그림 속에
던져놓고 돌아선다

2부

그녀와 함께 웃다

흐릿하다
자세를 똑바로 하세요 소리도 못 내는 줄을 긁어대며
미지근한 땀만 흘리는데 해금선생의 목소리가 따끔하다
물어뜯어 피가 비친 손톱들을 꿈속인 듯 내려다보는
여기

저기 있다
시장 입구 마디 굵고 끝마다 갈라진 손가락들이 어루
만진
어린 열무며 달래, 냉이에다 흙을 털다 만 쪽파 더미
뒤에서
퉁퉁 불은 국수 한 그릇을 조심스레 받쳐 들고 먹는
그녀

조용히 다가선다
어린 열무든 쪽파든 손가락으로 가리키면 그녀의 손가
락이
하나나 둘이라 더듬더듬 대답한다 서로 몇 번 엇갈리며
고개를 끄덕이다 돌아설 때까지 소리 없이 크게 웃고

있는
　　그녀와 피가 비친 손톱들

화수부두로 가다

잃었던 시간들이 모두 모여 있다
무심코 한쪽 팔을 펴면 맞은 편
담장에 손이 부딪치고 공중변소가
무덤덤하게 서 있는 어슬렁거리는
개들은 천연덕스런 바둑이들이고
분홍빛 잇몸을 빠는 아이들은 아직
태어나지 않은 고요하면서도
천천히 늙어가는 웃음이 있는 곳
배들이 들어오고 나가도 기척이 없고
생선비린내가 닳고 닳아 희미한
공장지대도 아니면서 낡은 기계들이 울고
수상한 기운에 별안간 가슴 미어지는 그곳

화수부두에서 놀다

좁다란 길이 실타래처럼 엉킨 곳에서
실뜨기를 한다 저쪽 골목을 집어
이쪽 골목으로 넘기자 다른 골목들이
하품을 한다 이리저리 뒤집고
엎어보아도 그게 그거다

땅따먹기를 하자 한 뼘 크게
늘릴 것도 없이 내 집 마당이
네 집 마당이고 네 땅이 내 땅이다
뺏을 것도 빼앗길 것도 없고
숨길 것도 가릴 것도 없다
싱거워서 일어서자
나가는 길이 들어서는 길이다

빤히 보이는 배 터
집 앞 화분들이 수더분한 정원이고
찰진 밭이다

어, 눈물이

무서워라 어린 기억이 파라솔처럼 펼쳐진
아래 끝도 없이 엎질러진 물이 눈앞의 세상을
꿀꺽 삼키고 있었다

울지 말자 외톨이처럼 떠 있는 부표에
물비린내 나는 눈길을 던져두면
바다가 있는 이곳까지 함께 왔던
슬픔이 한 걸음 물러났다

아암도를 토해내고 도망치는 바닷물을 보며
기다리지 말자 고개를 흔들었던 봄날과 기다려야 한다
송도유원지 톱밥 난로 앞에 마음을 내려놓던 겨울날이
아직도 또렷하다

이제 바닷물을 몰아낸 땅은 너무 단단하다
갯벌을 도려낸 바다는 시리게 쓸쓸하다
저녁 단단한 땅을 밟고 그 바다를 바라보면
어, 눈물이

어느 참전용사의 일기

현재 시간은 매복 중이다

아내와 접선하다 괜찮아요? 새로운 암호는 잠시 침묵
요 아래 가스충전소에 불이 났어요 부비트랩 신문을
펼쳐놓고 다음 목표지점은 어디인가 숨이 가빠진다
더 막강한 화기와 섬광이 적의 심장부를 두들겨대고
후방을 교란시켜야 한다 지난 물난리에 임진강을 몰래
탈출한 발목지뢰들과는 통신두절이다 묵직한 침묵 속에
숨이 턱에 찬다 아내의 눈빛도 날카롭다 그때 수용소를
짓는 더러운 망치 소리 요란하고 그렇다면 저 수용소를
열린 창문 밖을 주시하자 아내가 비밀지령을 전한다
주택들을 헐고 상가건물들을 짓느라 난리들이네요

서늘한 말복

서랍장 한 칸 입을 빼물고
오래된 옷장은 끈적끈적한
침을 자꾸 뱉는다 있는 힘껏
목을 누르고 돌아가던 선풍기
거친 숨을 몰아쉬는데 후다닥
날개를 털자 풀썩 쏟아지는
닭 비린내 깃털이 날리고 번득
잘려나간 나간 모가지와 발목들
오늘 수많은 닭들 이런 옹기
저런 솥단지에서 푸욱 삶아지겠구나
전화벨조차 소리 지르지 못하는
흐물흐물한 하루

산낙지회

엄태경엄태경엄태경엄태경엄
엄태경엄태태경엄태경엄태경엄태엄태경엄태경
엄태경엄태경엄경엄태경엄태경엄태경엄엄태경
태경엄태경엄태경엄태경엄태경엄태경엄태경임
엄태경엄태경임태경엄태경엄태경엄태엄태엄태
경엄태엄태경엄태경엄태경엄태경엄태엄태경엄태
태엄태경엄엄태경엄태경임태경엄태경
임태경임태경임태경임태경임태임태경임태경임태경
임경임엄경경태경임태경임태경임엄태경엄태경
태경엄태경태엄경태엄경태엄경태엄경태
엄경태엄경태엄경태엄경태엄경태임경태임경태
*위*경임경태임*위*경태임경태임경태의경태*위*경
태임의임임*대*

경

강가에서

문득 잠잠해진다 거품을 씹으며 투덜대던 강줄기도
물놀이에 입술이 퍼런 아이들도 강변을 따라 누운
자갈들도 동시에 입을 다문다 주낙을 놓던 사내가
꽃뱀 한 마리를 불붙은 듯 집어 올리는 순간 재빨리
소주병 마개를 따 한 모금 꿀꺽 마신 뒤 힘을 모아
병 입구에 꽃뱀을 밀어 넣을 때에 온 힘을 다해
사내의 팔뚝에 감겨드는 꽃뱀이 꼴깍 소주를 넘기며
조금씩 병 속으로 밀려들어 갈 때에 턱없이 좁은
공간을 차곡차곡 채우는 제 몸뚱이를 꼼꼼하게
지켜보는 꽃뱀의 머리가 줄곧 빳빳하게 서 있을 때
저러다 병이 툭 터지고 꽃뱀이 두근두근하는데 사내는
벌써 병마개를 틀어막고 있다 강줄기가 아이들과
자갈들이 부글거리며 소리를 내기 시작하고 사내와
꽃뱀 한 마리 서로 말간 눈길로 바라보고 있다

푸른 옷소매

생각지도 않게 그를 본다
마주 앉아 내려다본 탁자 위가 부옇다
가끔 아무렇지도 않은 것이 아플 때가 있다
어떻게 지내느냐고 묻지 않는다

스무 살이 되던 밤 풀도 나지 않은 무덤을 보았다던
그다 누구의 것인지 궁금해하기 전 자신의 무덤을
알아본 그는 한동안 무언가를 자꾸 잃어버렸다고 했다
달랑 차비로 남겨둔 동전을 눈 감고도 갈 수 있는 길을
발바닥 같은 신발을 지금 여기 있으려고 어둑한 운동
장을
지칠 때까지 뛰기도 하고 이삼일 술에 잠겨 있기도 했
지만
가장 가깝다고 여긴 누군가에게 넌 알 수 없는 놈이야
라는
소리를 들었던 그다 등을 보는 것도 보이는 것도 싫어서
서로가 보이지 않을 때까지 뒤로 걸었다고 했다

나이를 가늠할 수 없어진 그가 일어선다

눈길은 아직 젊은데 잔뜩 구부리고 앉아
떨리는 손길로 신발끈을 묶는 그의 어깨에서
시리도록 푸른 물이 솟는다

만만치 않은 주씨

낄낄, 주씨가 마시는 술에
그리움은 간간짭짤한 안주가 된다
어지러운 세상사가 뭐 별거여,
꾸겨 신었던 신발 와락 털어 신고
곰삭은 기억의 숲길로 들어선다
옘병, 이젠 가물가물한 그 여자 가슴에
이마를 비비기도 하고 깡보리밥 같던 꿈들
젠장혈, 그것들이 퉁겨진 언저리를
삐친 눈으로 뒤적거리다 보면 어느새
돌아와 납작하게 꾸겨 신은 신발

그리웁다 허면 더 그리운 벱이여

하루가 너무 길다

새벽 세 시
라면을 끓인다 하루 중
건너뛴 끼니가 일용할 양식인 라면
반 조각을 잊을 수 없어서다
지나가려던 허기가 까칠하게 입맛을 다시고
흥건한 국물 아래 고불거리는 면발들이
몸을 뒤집으며 이히히히 웃기 시작한다
건져 올리고 밀어 넣고 씹고 삼키고
이렇게 한 끼가 더해진다
눈을 뜨고 있는 동안
전화벨이 두어 번 울렸고
그 뒤로는 모든 게 잠잠했다
하루가 문을 열고 난 뒤
그 문을 닫지 않아
기다리고 있다

그저 기다리다

그렇게 깊고 어두운 물 아래에 남겨진 사람들은
지금도 그 물 아래에서 서성거린다는데 그 소리를 들은
물 위에 사람들은 잠 속에서도 함께 서성이고
잊은 척 대문을 열어두고 아랫목에 고봉밥을 묻어둔다
는데
가끔씩 제 뱃속에서 흘러나온 목소리를 못 알아듣고
홀린 듯 엉, 대답하고 돌아보고 한다던데 혹시
엉겁결에 다녀간 것을 어이없이 못 본 건 아닌가
핏물처럼 말라붙은 눈물의 흔적에도 파랗게 놀라
입술로는 쉽게 불러지지 않는 이름을
두서없이 불러보곤 한다는데

철딱서니 없이 벌어진 꽃들 위로
사정 모르는 빗물이 널을 뛰고
시도 때도 없이 떨어지는
새파란 잎들에 섞여
텁텁한 진눈깨비가 오락가락하는
숨 한 번 삼키고 내쉬는 사이에도

변한 것은 없다

그리운 마음이 몸을 밀치고
먼저 가닿은 집 앞
젖은 옷이 뜨거운 김을 올린다
언제나 인심 좋게 열려 있는
문을 들어서면 익숙한 냄새에
코끝이 찡하다 개수대에 닦지 않은
그릇들이 엎치락뒤치락 쌓여 있고
널려 있는 옷가지며 어수선한 물건들 사이에서
TV 혼자 떠들며 놀고 있다
사진틀 속 앉거나 서서 어색한 웃음으로
한곳을 쳐다보는 얼굴들이 반갑고
고마워 뒤늦게 따라온 몸이 손을 내밀자
이제 막 물 아래에서 숨 가쁘게 달려온
얼굴을 알아보고 와르르 쏟아져 나올 듯
뒤틀어지는 얼굴들
먹먹한 울음소리가 터져 나오고
집이 둥둥 떠내려간다

우리들의 묘지

참 둥그랗고 아담하기도 하다
달빛은 헤헤거리며 뛰어다니고
피곤해진 안개가 머물 곳을 찾아
어슬렁거리는데 등성이며 꼭대기까지
꽉 찬 올망졸망한 집들
빛이 새나갈까
소리가 굴러나갈까
문틈을 여미고 꼼짝을 않는다
가물거리는 문패들을 다 읽을 수 없어
건성 뛰어넘고 지나가려는데
어디서 몰래 빠져나왔는지
농구공 두 녀석이 두런두런
번갈아 그림자를 끌고 내려간다

저울 기우뚱하다

달력 그림 속 눈사람을 뜯어내 아랫목에 앉혀둔다
광고판을 싱겁게 뛰어다니는 불빛은 조용히 세워둔다
손끝을 갉아대는 신문활자는 지그시 눌러놓고 들뜬
땅을 훑는 아스팔트는 뒤통수를 힘껏 때려준다
여전히 심상치 않다 눈금 몇 개 꿀꺽 삼키면 좋겠다

일어나 어서

횡단보도 옆 가로수 아래
낡은 오토바이 한 대
손때 묻은 겨울 장갑을 끼고
빈둥거리며 누워 있다
신호대기에 묶인 눈길들이 수군대고
신호가 바뀌기기도 전에 달아나는
발길들이 호들갑스러워도
멀뚱하니 꿈쩍을 않는다
사나운 더위가 등짐처럼 매달린 날
이런 철없는 모르쇠에게
조근 조근 이를 것도 없이
공무수행 중인 견인차가
뒷덜미를 잡아채며
짧게 한마디 한다

쩟, 죽는다

즐거운 나의 집

달과 함께
집에 왔다

아
나의 집

언제부터랄 것도 없이 듣지도
말하지도 않고 아무것도 먹지 않고
우두커니 한 곳을 지켜보더니 심심하다
배고프다 참 재미없다 이렇다
저렇다 말 한마디 없이 그냥
휑하니 집이

집이 나가 버렸다

달과 함께
나만 남았다

너도 나가라

달아

아주 멀리서
박수 소리가 들렸다

3부

꿈이 대답하다

잃어버린 건 신발만이 아니다 가방도
주머니 속 동전도 가야 할 길도 사라졌다
어둡고 쌀쌀하다 이름뿐인 벽 앞에 우울하게
서 있는 사람들 자꾸 줄어드는 집과 마술처럼
사라지는 물건들 날렵하게 잘린 발목들이
분주하게 돌아다니는 마당에는 억센 풀들이
울고 오래전 땅 밑으로 이사한 얼굴들이
싱싱하게 돌아와 진저리나는 그쯤
엎드린 등에 대고 그만 눈을 떠 소리 잃은
목통으로 버둥대다 뜯어내듯 몸을 일으키니
며칠 전 삐끗했던 발등이 시커멓게 부풀어 있다

원이 엄마

당신은 저에게
머리가 희어지도록 함께 살다가
죽을 때도 같이 죽자고 하시더니
어찌 저를 두고 당신 먼저 가십니까?

안동시 정상동 고성 이씨 무덤에서
검은 머리카락을 뽑고 억센 삼줄기로
엮어 만든 미투리 한 켤레 한글편지
한 장 뜨거운 품에 안고 있다가
택지개발 굴착기에 끌려 나와 오래
오래 흐느낀다

보고 싶습니다
꿈에라도 모습을 보여 주세요
하고 싶은 말은 끝이 없는데
이만 적습니다

1586년 6월 1일

나는 산쵸빤챠

미친 듯이 달려 올라오는
계단을 맞으러 달려 내려간다 빠르게
더 빠르게 한 걸음이라도 빨리
마지막 계단을 내려서자 휑하다
엇갈렸구나 힘을 내어 달려 올라간다
제발 뾰족한 네 뒤통수를 코앞에 두고
피식 웃을 수 있기를 어디쯤이냐
서운한 숨을 들이마시고 내 달리며
어디서든 기다려라 목청껏 외치는데 부웅
두 다리가 허우적 허공에 매달린다 아직
달려 올라가고 달려 내려 가야 할
계단이 저 아래에서 아코디언처럼
늘었다 줄었다 하는데

잠 사레들리다

고개를 들자 눈앞이 깜깜하다 쭈그리고 앉아 바라보는
횡단보도는 길고 흰 혀로 건너세요 어서 말을 걸지만
대답을 못 하고 쩔쩔맬 때 코앞에서 발끝까지 시퍼렇게
떨어지는 칼날들 마른 울음이 터지려는데 울어봐 어디
뒷덜미를 후려친다 얕은 잠 속을 깊은 물밑처럼 걸어
나오자 달도 별도 어찔하게 매달려 있는 서러운 밤

백색왜성

짧으면 몇백만 년을 살고 길게는 140억 년을 살다
빛을 잃으면 초속 수 킬로미터의 속도로 무리에서 떨
어져
먼 가장자리로 향해 간다는 별들

지난해부터 같은 하늘 아래 있겠거니 했던 이들이
훌쩍 세상 저 너머로 가버렸다 남아 있는 시간에
상관없이 아프거나 혹은 급작스럽게

보고 싶어 하지도 눈물 흘리지도 않는다
시간이 얼마나 빠르게 가는지 알고 싶지 않다
우주인 실험결과 초파리는 무중력 상태에서
더없이 우울하다니까

닭집 여자

칼을 샀어
톱날 박힌 것에 꼬챙이 달린 것에
네모난 중국집 칼까지
가위에 칼집도 있다니까
이번에야말로 제대로야
살을 저미고 뼈를 발라내고 썽둥
썰 수 있으니까 그중 제일 신 나는 건
단번에 목이든 다리든 날개든
탁 쳐낼 수 있다는 거지
이 네모난 중국집 칼은 얇고 날카로워
신경질적이지 정신 차리지 않으면
손가락이 뎅강 잘려나갈 수도 있어
살살 달래야지 쩔쩔매서는 안 돼
자, 이제 준비됐어
앞치마를 두르고 기름을 끓이고
뭐? 조류독감?
그게 뭐야?
내 닭들을 건드리기만 해
단칼에 목을 쳐 버릴 테니까

어머니 이제야 입을 여시다

89년 6개월
어설픈 눈앞에 암팡지게 타이핑된 활자들이
굴러떨어진다 까맣게 잊고 있던 비닐봉지가
팔꿈치를 건드릴 때 귀찮은 듯 밀쳐두었는데

89년 6개월
비닐봉지 속에 늘어져 있던 옷가지가
굴러떨어진 활자들을 게으르게 받아 읽는다
잊을만하면 한 번씩 미지근한 하품을 하며

비닐봉지에 붙어 있던 생년월일과
이름표를 접고 옷가지를 오므려놓는다
가늠할 수 없는 일생이 한 줌이 된다
손 안 가득 단단하고 묵직하다

평안하십니까

입맛이 묵직한 날
서로 마주 보며 실실 웃기도 하고 식은 농담도 나누던
과일가게 사내들이 갑자기 엉겨 붙는다
얼굴색이 허옇게 바래면서 더듬더듬 뱉어낸 말들이
침방울에 뒤섞여 나뒹구는데 양념처럼 끼워진 욕들은
맛깔나게 튀어 오른다 그러다 말려니
건성으로 말리던 사람들이 둥글게 모여들고
사내들이 꼿꼿하게 콧방울을 세우며 들이덤비자
나이 지긋한 생선가게 주인이 사내들을 후려친다
너그들이 싸움닭이가 한 사내를 저만치 물려두고
다른 사내를 장화발로 밀며 달래는 동안 아이고오
날씨도 요상시럽고 장사도 안 되는데 염병에
땀 빼고 있네 불어터진 목소리가 퉁퉁거린다
입을 틀어막고 등을 돌리기 무섭게
도매값도 안 되는 가격에 그냥 막 퍼 드립니다아
사내들이 목에 핏줄을 불끈 키우자 시들시들하던
시장골목이 사뭇 꼬들꼬들해진다

거짓말

수상한 바람이 어긋나버린 뼈마디들을 갉아댄다
여기저기 놀란 신음들이 고름처럼 흘러나오고
조심스러운 귀들은 눈치껏 제 몸 크기를 늘린다
아직 어떤 귀도 한껏 부풀어 들었어 들었다구
소리치지 못하고 여름도 아닌데 무섭게 덥다

어제 같은 오늘

단내 물씬 나는 응급실 앞
창백한 환자복이 멀뚱하니 앉아 있다

여기가 어딘가
낯설기도 하고 아니기도 한
서성이던 작업복은 떨리는 손으로
담배 한 개비 꺼내 들고 마른 침만 넘긴다
하루는 지켜봐야 한다는데
어디서 날아들었는지 발이 엇갈린 슬리퍼
횡설수설 야아아 응급실로 달려가자
알록달록 블라우스 놀라 비켜서며
요즘 죽고 싶어 환장한 것들 많네 쏘아댄다
어어어 환자복이 삼키려던 울음을 뱉아낸다
처진 어깨 아래로 한숨 같은 담배 연기를
토막 내던 작업복이 놀란 팔을 내밀자
못 살겠다고 약 먹은 년이 입원은 무슨

가자
환자복이 작업복을 재촉한다

다섯 손가락

목욕 그릇으로 서로를 툭툭 치며 꿈틀
낄낄거리는 여자아이들을 보고 할머니
한 분 구부러진 허리를 펴며 생생하게
웃으신다 옛날 유성 가 놀던 생각이
나서 그래 짝패가 다섯이었는데 다아
죽고 나만 남았어 할머니 다섯 손가락
뜨거운 김 속에서 팔팔하게 펼쳐졌다
순식간 사라진다 여자아이들 조용하다
말이 옛날이지 그게 어디 옛날인가
아이고 소리를 오물오물 삼키려는
할머니와 말없이 제 나이를 우물우물
씹어 보는 여자아이들 목욕탕 안에서
고만고만해진다

신데렐라에게

별안간
차갑게 뿌려진 적막함은
어쩌지 못 하네
오래전 뼈와 살이 발라져
기쁘게 불려간 영혼일지라도
그 영혼이 흘려보낸
비밀스러운 기별일지라도
읽을 수 없는 숫자들을 질투하듯
터지려는 비명을 매섭게
목 조르는

자정을 알리는 종소리에도
부푼 치맛자락 아래 숨어
제멋대로 스텝을 밟고 있다면
당장 두 발목을 잘라 멀리
저 멀리 내 던지렴

오늘의 운세

생각지도 않은 술과 고기가 생긴다

해서 시시하게 기다리고만 있으면
그냥 술과 고기가 생길 리 없다
이 정도의 세상일은 어떻게
마음먹느냐에 달려 있는 법
골똘히 따져볼 것도 없이
스스로 술과 고기를 사고
여럿인 듯 혼자 마신다

기막히게 딱 맞아 떨어지는
오늘의 운세다

지금, 여기

울퉁불퉁 골목길을 걷다
갑자기 쏟아지는 빗속에 갇혀
땅바닥을 두드리는 빗방울을
나른하게 내려다보고

비가 약해진 뒤
드문드문 눈물처럼 빗방울이
떨어지도록 내버려둔 채
좁고 낡은 계단을 오르다
정말 눈물을 흘리고

보지 않으면 마음도 멀어질까
함께 밥을 먹고 술을 마시고 때때로
소갈딱지 없이 성질도 부리고

이즈음 너무 많이 눈물을 흘리는구나

그래도 다가오고 멀어지고
다가오고 멀어지고

얼떨떨한 저녁 한 컷

초저녁
젊지도 늙지도 않은 사내 셋이
바지런하게 소주병 네 개를 씻어놓는다
구멍가게 낮게 쳐진 차일 아래
바쁠 것 없는 다리들을 끌고 와서
형님 사장님 순서 없이 서로를
목청껏 불러대더니 한 사내가
슬그머니 일어나 가버린다
남은 사내 둘은 잠시 머뭇거리다 어이
소주 한 병과 큰 잔 두 개를 불러낸다
어허 참 이거 사이좋게 큰 잔을 들고
단숨에 털어낸 사내들이 제각각 돌아서자
시든 햇살이 텀벙 빈 잔 속으로 떨어진다

4부

무서워요

어두워지자
몸이 자꾸 졸아든다
눈이 코가 그리고 입이
높낮이를 잃고 땅바닥에 붙었을 때
까마득한 곳에서 뛰어내린 입김이 훅
저 어디쯤 덜렁 매달려 있던 시계추를 흔든다
뎅뎅 뚝뚝 삐꺽 스스로를 시계라고 생각하는
세상의 모든 것들이 하나둘 움직인다
속도에 상관없이 제각각 그렇게
땀 냄새가 지루해질 때까지
지루한 것이 어디 땀 냄새뿐일까 싶을 때까지
몇 시야 잔뜩 쉰 목소리가 말 걸 때까지
땀 한 방울 흘리지 않던 작은 시계가 귀찮은 듯
째깍,
날카롭게 잘라 대답할 때까지

모두 잠들 때까지

잠들고 싶지 않은 밤이 있다
거대하고 생생하던 세상이 막
무거운 눈꺼풀을 내리려는 찰라
달이 흘린 눈빛처럼 반짝이며
다가오던 은빛 자전거
천천히 바퀴를 굴리고
굴려서 멀리 사라진 뒤에도
차르륵 울리던 바퀴 소리에 끌려
저녁이 저물고 밤은 깊어 가는데
떨어지는 잎들이여
바퀴 자국을 덮고 사라진 바퀴 소리마저
잠재우는 잎들이여
눈 감고 고른 숨을 내쉬는 시간이여

사나운 속살

일찌감치 빠져나간 어금니들이
또다시 와싹 바스라진다 이어
손 쓸 수 없이 쏟아진 핏물이
목구멍을 독하게 훑어낸다
코까지 싸하다

얼마나 많은 마디들이 감춰져 있는지
좀처럼 끊어지지 않고 조금씩 아주
조금씩 이어지는 자지러지는 오후
한 모금씩 오물거리며 씹어 넘긴
맑은 술이 홀렁 한 꺼풀 벗겨내자
건들건들 사내 목소리가 훅을 날린다

한꺼번에 덤벼 흡

쌉쌀한 풍경

아무것도 내걸지 않은
게시판 앞에 서서 빠르게
느리게 떨어지는 꽃잎들을 본다
바다가 내는 소리들은
엉거주춤 앉아 있는 건물들을
하나둘 건너오다
조금씩 가벼워지고
가벼워질 대로 가벼워진
소리 한 가닥
떨어진 꽃잎들 위에 내려앉는 것이 보인다
어떤 손길이
이렇게 세상을 덤덤하게
뒤적거리고 있는지
눈물이 꿀꺽 넘어간다
붉은 무덤 같은
한낮

황금시대

머리 한번 긁어봐라 만두피를 밀고 있던 마른 입술이
무겁게 입을 연다 밀가루 반죽을 떼고 있던 늦둥이 무
심히
이마에 손을 대자 반죽 한 덩어리 무섭게 굴러온다 코를
훌쩍이던 늦둥이 눈치껏 머리 어중간쯤 손등을 얹는다
커다란 반죽 한 덩어리 털썩 떨어진다 고개 숙여 얼른
정수리에 두 손을 모은다 먹을 걸 만지던 손으로 어딜
다 보고도 못 본 척 눈길을 훅 털어낸다

아버지 깊고 깊은 산 속 벌목장을 나선다
아버지 읍내에서 집으로 오는 시외버스에 오른다
아버지 졸고 또 졸다가 겨우 시내버스로 갈아탄다
아버지 집 근처 가게에서 사과 한 봉지 산다
아버지 이제 집 대문을 열고 현관 앞에 서 계시는구나

아버지, 일찌감치 문이란 문은 다 열어 놓았어요
만두도 듬성듬성 빚고요 아껴둔 북어도 자근자근
두들겨 놓았대요 구두를 벗고 들어오세요 얼른요

현관문은 목이 꽉 잠기고

읍내 목욕탕에서 묵은 때를 벗겨내신 아버지 읍내 영
화관
쏟아지는 빗줄기를 뚫고 무협영화 한 편 찍고 계신다

어느새 가을 오다

세상에 남아 있지 못한
젊은 시인의 시를 읽는 새벽
바람이 많이 불었다
아침이면
거리는 떨어진 잎들로
입이 막혀 있을 것이다
갑작스러운 침묵으로 행복한지 알 수 없어
궁금해질 때
사람들이 거리로 쏟아져 나오고
차들이 소란을 떨면
막연한 희망으로 따스해질지도 모른다
그래도 누군가는 괴로워할 것이고
눈물도 흘릴 것이다
아직은 어두운 밖을 본다
어렴풋이 제 몸을 그려내는 세상 저쪽에
어른거리는 그림자가 있다

상냥한 안부

쪽파 한 다발을 다듬고
두 손에 달라붙은 젖은 흙을
번갈아 털어내도
손끝이 무겁다

올망졸망 달려 있다
피 흘릴 틈도 없이
뜯겨져 나간 쪽파머리들은
부옇게 말라붙어 나뒹굴고
머리를 잃고도 살아남은
몸뚱이들만 소름 끼치도록
부풀어 호들갑을 떠는데

기다릴 것도 없고
그리울 것도 없이
짧게 울다 그친
지독한 떨림

소풍

놀이터 한 귀퉁이에
점심상이 차려진다
막걸리와 초코파이 종이컵 몇 개
김 노인이든 박 노인이든 상관없이
모여 호기롭게 캬아 소리를 내보지만
초코파이를 씹는 동안 목이 답답하고
어깨가 자꾸 내려앉는다
어 점심 자알 먹었네
누군가 장단을 넣어도
그르게 맞잡는 추임새가 없다
벤치를 둘러싸고 앉아 있거나
서 있는 구부정한 어깨 위로
눈치 없는 낙엽이 수북하게 떨어진다

갑자기 싸늘하게

가늠할 수 없는 길을 걸어온 신발들이
툭툭 발밑을 털자 굼뜬 어둠 속에서
둥그런 밥상들이 하나둘 다리를 편다
성질 급한 수저들은 제멋대로 자리를 잡고
일어났다 누웠다 자발없이 굴어도
깔깔한 입맛들은 씹는 둥 마는 둥
넘길 수 없는 식욕을 허옇게 토해 놓는데
뒤죽박죽 섞인 사진 더미에 끼여
꿈쩍 않던 틀니가 흘러내리는 잇몸을
자꾸 긁으려 한다

답답해서죽을뻔했네/왜따라나서/헌데누구요

투명한 편지

손잡이가 헐거워지고
뒤틀린 서랍 안
나이테가 비어져 나와
눅눅하게 누워 있다
한 겹 한 겹 제자리를 맞춰나가다
딱 부러지게 여기다
맞춰지지 않는 한 겹 부스러기가
훌쩍이며 떠오른다
춥고 헐벗은 마음을 감추고
떠나가지 않는 것을 등 떠밀며
좀처럼 오지 않을 것을
아프게 기다리고 있던
아무렇지도 않게
있지도 않은 글씨체로 적었던
견뎌내야 한다 어찌 되었던
견뎌내야 한다

누구세요

찍어낸 듯 똑같은 칸들이 차곡차곡 쌓여 있는
콘크리트 더미 저 아래 땅속으로 쓸려 들어가다
엉겁결에 덜미를 잡힌 한 칸은 십 년도 넘게 잔뜩
힘을 주고 있다 초침이 문지방에 머리를 찧고
분침이 침 섞인 피를 뱉어 한 시간 하루 한 달
곰삭은 일 년이 벌써 열 번을 넘기자
물컹물컹하다

차갑게 달라붙은 긴 손가락이 머릿속을 휘휘
휘저은 것 같고 손가락이 기어나갈 때 혼까지
딸려 나가 질질 끌려간 것 같고 껍데기만 남아
두리번거리다 안팎 구분 없이 뭉개진 것 같고
간신히 버티고 있는데 헛것이 지나갔구나
와락 쏟아진 것도 같고

그는 행복하다

둔해진 시간이 매만진 머리가 수북하고
껴입은 옷가지가 땟물에 뒤엉켜도
웃고 있다

짐 꾸러미를 풀었다 묶고
다시 풀어 뒤적이다
풀썩 웃고 만다

매정하던 추위가 수그러들어
제법 바람이 부드러운 것도 같고
흰 떡가루가 살살 뿌려지는 새싹공원
놀이터를 혼자 차지하고 앉아
그네도 미끄럼틀도 배 터지도록
실컷 바라볼 수 있어서
크윽 웃음이 자꾸 터진다

숨은그림찾기

꼭두새벽 꼼짝 않고 누워 고샅길까지 쓸고
들이닥칠 입을 가늠해 고봉밥을 지어놓는 촌 할매며
산길 물길 가리지 않고 발바닥이 보일 새라 땅거죽을
밀며 휘잉 달려갔다 후다닥 날아오는 산 할배며
지게가 넘어가도록 한 짐 지고 빈손으로는 펑펑
장풍을 날리며 설렁설렁 내려오는 싱건지 아제며
골딱지가 난 듯 퉁퉁거려도 저 건넛집 밥상에
올라앉은 반찬까지 엽렵히 꿰고 있는 뚱딴지 아지매며
있는지 없는지 모르겠는데 있다고도 없다고도
딱 부러지게 집어낼 수 없는 그런

밥 먹듯 밥을 굶는 도사님이 명치끝에 매달린 화두
한 올을 돌덩이처럼 받쳐 들고 마당을 서성이는데
저녁밥 때를 알리는 토장탕 끓는 냄새가 얼마나
절절한지 딱 한 국자만 떠 오너라 해서 막 한 모금
넘기자마자 그만

닭 한 마리

압력 밥솥 안에 다리를 꼬고 있던 닭 한 마리
못 살아 이렇게는 앙탈을 부리며 튀어 나가려는데

펑

가지마다 걸려 있는 꽃들이 밤늦도록 노래를 흥얼거리
고 이게 뭔 가락이여 가물가물 주름진 그녀 달싹거리던
틀니를 빼 자리끼 안에 풍덩 던져 놓는다 밤새도록 틀니
는 꽃노래 따라 부르려는데 난데없이 콱 입을 틀어막아
이 닭 모가지

식구들이 입을 닫고 깊이 잠든 밤 시들시들한 그녀가
주방 한구석에 웅크리고 앉아 있다 일발 장전 번쩍 어둠
속에서 술병이 각을 잡는다 나를 위해 쏴 단 오 분 간격
으로 이어 연속장전에 신 나는 사격이다 너덜너덜해진
닭 내장이다

혼자 누워 있다 얇은 시트 자락 아래 오톨도톨한 소름
한 꺼풀 뒤집어쓰고 이미 세상 반대편을 향해 손을 내민

배 속에 아이는 아주 깊은 잠속에 들었다 제 나이를 몇
번이나 꿀꺽 삼킨 듯한 그녀 덜덜 떨리는 입술로 바삭하
게 구운 닭 다리가 먹고 싶어

  감쪽같이 사라졌다
  닭 한 마리

  펑

창백한 난타전

크게 입 벌려 상가 건물에 날 것으로 걸려 있는
송도치과는 초조하게 침을 흘린다 아아 비려
쌀쌀한 주먹으로 맞은 잇몸을 솜뭉치로 틀어막고
계단을 내려오는 동안 너무 비려 웃는다

정체를 알 수 없는 피곤함에 딱딱해진 혀로
슬쩍 건드렸을 뿐인데 뭉텅 떨어져 나간 어금니
사정없는 주먹질로 비굴해진 저녁이 겨울
끈적한 어둠 속에서 발을 엇디디며 비틀거린다

눈을 동그랗게 뜨고 있는 밤 욱신거리는
식욕으로 그악스럽게 솜뭉치를 물고 있는데
와싹와싹 씹어 넘기는 소란이 무뚝뚝한
귀를 잡아당기고 먼지 수북한 노트북이
크억 트림을 올리며 목구멍까지 쩍 벌리자 묵어
자빠진 글 몇 줄이 모조리 갈려 튀어나온다

차라리 총을 쏴

핏덩어리 솜뭉치를 뽑아들자 죽은 척 엎드려 있던
받침 조각들이 허겁지겁 달아난다

호랑이를 탔다

혀가 뽑힌 시간이 눈이 뒤집혀
핥아놓은 길들이 뒤엉켜 있다
뒤엉킨 길들 위로 힘없는 불빛들이
입술을 비죽거리며 떨어지자 꿈틀
버티고 있던 차들이 와아아아
한꺼번에 뒷걸음질친다

뒤로
저 뒤로

한눈을 팔 듯
멍하니 바라보다
쏟아진 눈 속에 갇혀
모든 것이 까마득히
멀어지는 그 순간

■ 발문

우연과 필연 사이에서의 개연성 없음,
그 살로 그린 그림, 그 살의 노래
― 엄태경의 '집'에 대한 명상

김 영 승(시인)

엄태경은 1958년 서울에서 태어나 2000년 『믿음의 문
학』으로 등단을 했고 2003년 시집 『그 집은 따뜻하다』(다
인아트)를 낸 시인이다. 그밖에는 모른다. 물론 나는 그
를 안다. 아주 조금.

이 시집 해설이 아닌 발문의 허두를 그렇게 시작하는
것은 인상비평이 아닌 신비평적인 접근을 하는 게 낫겠
다 싶어서인데 이것 역시 옳다. 아주 조금은.

문득 어쩐지 좋아야 한다는 생각이다. 마치 1960년대
의 대중가요 「노란 샤츠 입은 사나이」의 가사처럼 "어쩐
지 나는 좋아, 어쩐지 맘에 들어" 그럴 수 있어야 한다는
생각이다. '어쩐지'가 아니라 이러이러해서 좋다 그 인과
율로 정확히 설명할 수 있는 그 좋아하는 이유는 '판단'
같지만 '계산'인데 '계산'은 언제나 자기중심적이기에 결
국은 가변적이다. 물론 그 '어쩐지'의 느낌 역시 그 '어쩐

지' 때문에 가변적이지만 그 맹목성은 순수하기에 시에 가깝다. 여기에서 말하는 시는 어쩌면 그 '어쩐지'가 지배하는 우주의 원리, 즉 '불확정성의 원리' 같기에 오히려 분석과 신비를 아우르는 변증법적 종합에 가깝기도 하다. 물론 당연히 인간 일반의 그 인식의 한계 때문이기도 하지만. 「Perhaps Love」라는 노래도 있지 않은가.

소설가 김훈이 『칼의 노래』니 『현의 노래』니 하는 장편소설을 발표하기 훨씬 전부터 나는 막연히 엄태경의 시를 놓고 「살의 노래」라고 '속으로' 부른 적이 있었다. 나는 아직도 그의 시를 놓고는 속으로 그렇게 부른다. 그런데 이제는 그 속으로 부르던 나의 그 '노래'를 '겉으로' 부른다.

그의 시는 그의 시간과 공간에 대한 그의 그 모든 세계 인식과 존재론 등 그의 그 모든 관념이 육화incarnatio된, '언어로 된 살'인데, 그 살은 그의 몸에 붙어 있는 살이 아니라 그의 몸을 이탈하여 그의 몸 밖으로 도는 그런 '피 같은 살'이다. 혈액이 몸 안을 순환하는 게 아니라 그의 몸 밖으로 나가 도로 몸 안으로 들어오는 그런 순환을 하는데 그의 살도 그렇다.

자신의 삶을, 묽은 살을, 큰 붓에 묻혀 캔버스에 뿌리듯 그는 시를 쓴다. 그 살의 분무噴霧가 그의 시다.

제 살점 문적문적 묻어나는 문둥이처럼 그의 살 묻히기, 살의 미장이인 그의 그 '살의 흙손질'은 천형天刑이다.

85

그의 시에 의하면 그의 사유思惟와 감성 자체는 물론 그의 입김도 살이고, 그의 눈빛도 살이다.

그의 시는 살의 생크림 케이크 만들기며 그 케이크 드레싱 하기이고, 살의 에칭이며, 살의 실크 스크린이기에 일단은 아프다. 그 어느 구석 하나 푸근하거나 가서 쉴 만한 곳이 없다.

만지는 모든 것을 황금으로 만들었다는 미다스 왕처럼 그의 손이 닿는 곳에는 그의 살점이 묻어난다. 그리고 그가 만진 그 모든 것들 역시 그의 살이 되어버린다. 이 '저주'는 자기중심적인 의인화와 활유법을 넘어선 매우 절망적인 것으로 엄태경은 일생 그 저주로부터 벗어날 수는 없을 것 같다. 그런데 아이로니컬하게도 그의 그러한 저주가 그를, 그리고 우리를 살게 할 단초를, 마치 어둠 속의 빛처럼 제시하기도 하니 고통이다. 그렇다면 언제나 어디서나 그의 그 '보지 않으면 마음도 멀어질까'하여 '너무 많이 눈물을 흘리'게도 하는 '얼떨떨한 저녁 한 컷' (이상 「지금, 여기」) 같은 그의 그 모든 불연속적 '지금—여기'에서 그는 늘 그 고통과 1 : 1로 정면 마주하여, 피하지 않고 당당히 맞설 것을 요구한다면 그의 삶은 실존적으로 건강한 삶이며 의미 있고 가치 있는 삶이다.

가령 맹자는 자기 자신을 버리거나 해치는 그런 사람과는 의미 있고 가치 있는 말을 더불어 나눌 수가 없다고 했는데, 엄태경은 그가 접하는 모든 대상과 더불어 그러한 의미 있고 가치 있는 대화를 나눈다. 조금 길지만 인용한다.

　　맹자가 말했다.

　　"스스로 자기를 해치는 사람과는 의미 있고 가치 있는
대화를 나눌 수 없고, 스스로를 버리는 사람과는 의미 있
고 가치 있는 일을 함께할 수가 없다. 말을 내어 노골적으
로 예의禮義를 파괴하는 것, 이것을 스스로 자기를 해친다
하며, 제 몸에 인仁의 덕德을 안 지니고 의義에 좇아 행동하
지 않는 것, 이것을 스스로 자기를 버리는 것이라 한다. 인
仁은 우리가 평안히 살 수 있는 집이요 의義는 우리가 걸어
가야 할 바른길이다. 그런데도 그 편한 집을 비운 채 그 안
에 살지 않고, 바른길을 버려두고 가지 않는 이가 많다는
것은 참으로 슬픈 일이다."

　　孟子曰, 自暴者 不可與有言也 自棄者 不可與有爲也 言非
禮義 謂之自暴也 吾身不能居仁由義 謂之自棄也 仁人之安
宅也 義人之正路也 曠安宅而弗居 舍正路而不由 哀哉
　　　　　　　　　　　　　　　— 孟子, 離婁章句上 十

　　맹자가 말하는바 '우리가 평안히 살 수 있는 집'은 무
엇인가. 엄태경은 자기를 해치지도 않고 스스로를 버리
지도 않는다. 맹자는 위와 같이 여전히 '관념'의 언어를
구사하지만 엄태경은 그 편편片片의 관념에 '살'을 입힌
다. 그 '살 입힘'은 때로는 '도금鍍金' 같다. 맹자와 엄태경
이 같은 것은 "참으로 슬픈 일이다" 하는 탄식인데 엄태

경의 그러한 탄식은 슬프되 끝까지 슬프지는 않다는 데
에 희망이다.

생존의 상징 혹은 일용할 양식으로서의 그 '밥'이 이유
理由하는 그의 '집'은 가령 '멍한 아침과 뚱한 점심/ 지나
심심하게 찌그러져/ 속 빈 저녁'이 일상인, '말라붙은 밥
알들이 묵은내를 풍기는/ 밥통 앞 숟가락질 대신/꽉 찬
술 한 잔'(이상 「수북한 밥 한 그릇」)이 그 밥의 자리에 놓이
는 그러한 집이며, 그래도 '그리운 마음이 몸을 밀치고/
먼저 가닿은' '언제나 인심 좋게 열려 있는/ 문'의, '익숙
한 냄새에 코끝이 찡'한, '물건들 사이에서 TV 혼자 떠들
며 놀고 있는', 여하튼 '울음소리가 터져 나오고' '둥둥 떠
내려가'(이상 「변한 것은 없다」)는 그러한 집이다. 이게 집
인가? 그래도 아직은 그리운 마음이고 그 냄새가 익숙하
니 집은 집이다.

또한, 그가 그 안에 거하는 그 모든 공간의 근거로서
인식하여 포착한 그의 시간은 '땀 한 방울 흘리지 않던
작은 시계가 귀찮은 듯/ 째깍,/ 날카롭게 대답하'(「무서워
요」)며, '뒤죽박죽 섞인 사진 너머에 낀'(「갑자기 싸늘하게」)
그 서사敍事가 착종된 시간이며, 그러면서도 '둔해진 시
간'(「그는 행복하다」)이고, '한눈을 팔듯/ 멍하니 바라보
다/ 쏟아진 눈 속에 갇혀/ 모든 것이 까마득히/ 멀어지
는 그 순간'(「호랑이를 탔다」)으로서의 파편화된 시간인데,
그렇게 단속적斷續的인 시간의 연속(?) 속에서의 그의 공

간인 그 집은 또한 그의 인식과 직관이 삶과 죽음의 경
계를 넘나들며 그 삶과 죽음이 늘 가까이 공존하고 있는
우리 마을 혹은 동네를 '올망졸망한 집들'이 꼭대기까지
꽉 찬 '우리들의 묘지'(「우리들의 묘지」)로 그 아파트를 투
시하며 그 아파트에서 그의 그 꿈속에서도 보는 집은 '마
술처럼/ 사라지는 물건들'의 '자꾸 줄어드는 집'(「꿈이 대
답하다」)이다.

그래서 그가 거하고 혹은 그의 동선이 일시적으로 점
유하는 주된 공간으로서의 그의 집은 명사면서 동시에
'아니다'하는 '부정否定'의 언어, 즉 '부정어否定語'로 쓰여지
고 있음은 그의 삶과 죽음, 그리고 그의 의식과 무의식
그 어디에도 출구가 전혀 없음을 반증하기에 일단은 도
저한 절망이다. 그렇다면 그러한 시간과 그러한 공간에
사는 그는 누구인가?

그리고 그는 아직도 다음과 같은 집에 살고 있다.

엄태경엄태경엄태경엄태경엄
엄태경엄태태경엄태경엄태경엄태태경엄태경
엄태경엄태경엄엄태경엄태경엄태경엄엄태경
태경엄태경엄태경엄태경엄태경엄태경엄태경임
엄태경엄태경임태경엄태경태경엄태경엄태엄태
경엄태엄태경엄태경엄태경태경엄태엄태경엄태
태엄태경엄태경엄태경임태경엄태경
임태경임태경임태경임태경임태임태경임태경임태경
임경임엄경경태경임태경임태경임엄태경엄태경

89

태경엄태경태엄경태엄경태엄경태
엄경태엄경태엄경태엄경태엄경태임경태임경태
*위*경임경태임위경태임경태임경태의경태위경
　태임의임임*대*
　　경

　　　　　　　　— 「산낙지회」 전문

　아폴리네르의 회화시繪畵詩 계열, 가령 황지우의 「무등
無等」 같은 시도 그 통사구조가 상존하여 그 의미를 추적
하기가 그리 어렵진 않은데 자신의 이름을 갖고 이렇게
까지 언어유희pun를 하여 그 엄태경으로 '엉망진창(?) 태
경'을 만든 시인은 전무후무하며 이 시에서도 결국은 연
속무늬 같은 엄태경의 나열과 변주 중 각운처럼 삽입된
그 '엄태경임'이 자신에 대한 자신의 존재의 확인이라는
면에서는 비극이지만 희극이다. 여기서도 '이다'의 명사
형인 그 '임'은 '아니다'를 내포하고 있는데 엄태경은 끝
까지 자기정체성, 즉 '나는 나다'라고 하는 그 동일률의
긍정과 부정의 양극단 그 빠른 왕복달리기를 계속하고
있는 것이다. 그게 지나치면 소위 우울증, 즉 프로이트
가 말하는바 "'나'가 '나' 아닐 때 '죽음의 본능의 순수한
문화'(eine Reinkultur des Todestriebes)가 '초자아'를 지
배하게 되는" 소위 '우울증' 상태일 텐데 엄태경은 그 토
막 났음에도 아직도 꿈틀거리고 있는, 그리고 자신의 주
권이 전혀 없이 무방비상태로 그 접시에 전라全裸로 놓여

있는 그 '산낙지회'와 자신을 동일시함으로써 오히려 자신을 강력하게 긍정하고 있다. 아직 꿈틀거리고 있지 않은가. 한계상황이지만, 그래서 아무것도 할 수 있는 일은 없지만, 그 꿈틀거림만은 잠시 할 수 있는 것 아닌가. 그 꿈틀거림은 그래도 오직 그 토막 난 산낙지회의 소유 아닌가.

위의 시에서 위 시를 쓰게 한 동기 중의 하나인 '위경련'과 '임대賃貸' 등은 별 의미가 없다. 그러면서도 의미가 있는 것이 위 시는 무녀巫女와 같은 주술적 언어로 처발라진(?) 삶의 노래이기에 치유적 암시를 주며 그 회복과, 그리고 소위 실존철학에서 말하는바 '비더게부르트 Wiedergeburt'의 복선을 깔고 있다는 점에서는 오히려 카타르시스를 준다.

즉 엄태경은 엄태경을 죽여 살리며, 집이고 그 모든 존재자이고 간에를 다 부정함으로써 다 긍정하며, 배타함으로써 수용한다.

그리하여 엄태경은 시간과 공간이 함수하는 죄표 상에서의, 자신을 포함한 그 모든 존재자의 그 우연과 필연 사이의 그 중간 단계인 개연성 없음을 그 삶은 노래하고 있다. 우리의 삶에 그러한 '개연성'이 있는가?

달과 함께
집에 왔다

아
나의 집

언제부터랄 것 없이 듣지도
말하지도 않고 아무것도 먹지 않고
우두커니 한 곳을 지켜보더니 심심하다
배고프다 참 재미없다 이렇다
저렇다 말 한마디 없이 그냥
휑하니 집이

집이 나가 버렸다

달과 함께
나만 남았다

너도 나가라
달아

아주 멀리서
박수 소리가 들렸다

—「즐거운 나의 집」전문

이 시에서 시적 화자는 달과 함께 1:1로 마주해 있다.
그건 달과의 대면이면서 동시에 대자적對自的이다. 달과
나의 마주함은 '달/나' '천상/지상' '바깥/안' '밝음/어둠'
'에로스/타타토스' '상/하' '유/무' '원/근' '엄태경/ 엄태경

귀신' '어른 엄태경/아이 엄태경' 등 그 모든 이분법적 대조, 극대비가 다 적용되는데 그 궁극엔 '쾌/불쾌'의 '이드 id'가 숨어 있는 것으로 이해된다.

그곳이 '집'이라면 그 집의 구성원, 즉 그 집 안에 살고 있는 '가족'들이 등장하여 이루는 실내풍경, 갈등, 등등이 그 집이 즐거운 집이냐 지옥이냐를 가름하는데 여기서는 오직 시적 화자 혼자다. 그러니 이 시의 정황만으로 봐서는 가족은 이미 집 바깥에 있다.

그리고 그 집이 즐거운 집이냐 아니냐를 가름하는 외부적인 요인, 가령 경제적인 요인이라든가 등등은 여기서는 등장하지 않는다.

그리고 집과 나라는 그 주객조차도 전도되어 있다. '언제랄 것 없이 듣지도/ 말하지도 않고'하다가 그런 내가 휑하니 집을 나가버린 게 아니라 집이 나가 버렸다고 한다. 그 말은 나는 집을 나갈 수 없다는 말이다. 그리고 동시에 이 집은 내가 바라는 나의 집은 아니라는 말이기도 하다. 집에는 가족이 있는데 그리고 집이라는 것은 그 가족을 포함한 모든 것이 집인데 그렇다면 나만 허공에 남겨두고 가족이 다 나가버렸다는 말이기도 하다. 그래서 달과 함께 나만 남았다고 시인은 말한다.

여기서 '달'은 어쩌면 '오래전 뼈와 살이 발라져/ 기쁘게 불려간 영혼일지라도'(『신데렐라에게』) 그 신데렐라의 '개암나무' 같은 '또 하나의 자아'일 수도 있는데 그것마저도 '나가라고' 시인은 말한다. 달은 시인이 나가라고 하지 않아도 알아서 나간다.

  그러므로 이 시에서 말하는바 달은 시인의 삶의 처음 모습, 그 원형으로서의 시인 자신인데 그것은 태아다. 그 태아는 자기 자신이거나 자기 자신의 어떤 다른 분신인데 그것이 곧 그의 집인 것이다. 즉, 그의 내부엔 달, 집으로 상징되는 어떤 아이, 태아가 그와 함께 살고 있다. 그는 그 아이를 다시 낳아야 한다. 아니면 죽이든가. 그것이 이 시가 점묘하는 그의 '해원의식解寃儀式'이다. 그 해원의식은 가끔은 음주 행각으로도 나타난다. 그리고 그 '달'은 유음類音(인) '닭'으로도 변주되는데 그러한 그로테스크함은 마치 산낙지처럼 그 무방비상태로 놓인 닭에 대한 가학으로도 나타나기도 하는 것이다. 즉, 그는 벗어나고 싶었던 것이다. 즉, 그의 시는 그렇게 한풀이 하고 있었던 것이다.

  '풀썩 쏟아지는/ 닭 비린내 깃털이 날리고 번득/ 잘려 나간 모가지와 발목들'(「서늘한 말복」)과 닭집 여자의 입을 빌려 전하는 "칼을 샀어/ 톱날 박힌 것에 코챙이 달린 것에/ 네모난 중급집 칼까지/ 가위에 칼집도 있다니까/ 이번에야말로 제대로야/ 살을 저미고 뼈를 발라내고 썽뚱/ 썰 수 있으니까 그중 제일 신나는 건/ 단번에 목이든 다리든 날개든/ 탁 쳐낼 수 있다는 거지"하는 독백과 그리고 '조류독감' 등 현실을 반영하고는 있지만 역시 닭집 여자의 입을 빌려 "내 닭들을 건드리기만 해/ 단칼에 목을 쳐 버릴 테니까"(이상 「닭집 여자」) 하며 이미 생명이

박탈된 그 죽은 닭에 대한 집착과 그것을 빼앗겼을 때의 공격성을 보이고 있다. 여기서 칼은 트라우마이다. 이 네크로포비아과 네크로필리아아가 그를 집 없는 천사로 떠돌게 한다. 이승에서의 삶을 마치 무주고혼처럼 구천을 떠돌 듯 헤매게 하는 것이라면 인간은 다 그 엄태경과 같은 상황에 속한다. 그런 의미에서 집은 곧 엄태경 자신이고 그리고 엄태경의 몸이기도 하다. 원초의 집, 그 '자궁은 곧 무덤'(womb tomb) 아닌가. '집 안의 집'이고 '몸 안의 몸'이며 '자기 자신 안의 자기 자신'인 그 생사일여生死一如의 '현존재'가 마치 태극처럼 색즉지공 공즉시색처럼 무시무종하다.

시의 내용을 추정하여 사건을 재구성하면 시인은 외출했다가 돌아오는데 마침 달이 떴다. 달은 분명 밤에 뜨므로 늦게 귀가한 것이다. 그리고 시인은 그 달을 바라보며 그 달과 함께 집에 왔다. 그 달과 함께 집에 왔는데 그 집은 이미 나가버렸고 자기는 달과 함께 남았다. 아마도 시인의 그 집 창문으로 달이 휘영청 비쳤나 보다.
그리고 아주 멀리서 박수 소리가 들린다고 시인은 쓴다. 그 박수 소리는 어떤 박수 소리인가. 박수는 동의와 지지와 동감과 감동의 표시이다. 그런데 그 박수 소리는 아주 먼 데서 들리는 박수 소리이다.
아주 먼 곳 그 어디서 그 달마저 나가버리라는 그 명령에 지지를 보낸다는 것은 시인의 그 결정에 대한 자기긍

정적 역할을 한다. 그 박수 소리는 누구의 박수 소리인
가. 시인 자신의 박수 소리지만 멀리서 들리는 박수 소
리다.

즉 시인은 집도 나가버렸고 그리고 달과 함께 둘이만
남아 있다가 그 달마저도 나가라고 하여 완전 혼자가 되
었는데 그러한 행위가 참 잘했다고는 생각하지만 그러
나 멀리서 들린다.

즉, 시인은 집이 나가버렸다고 말하고, 달과 함께 둘
만 남았다고 말하며, 그리고 그 달마저도 나가라고 한
뒤, 그렇게 달도 없는 절대고독을 참 잘했다고 박수치면
서도 그 박수소리를 멀리 놓았다는 것은, 시인은 이미
그 안에 있다는 것이 아니라 밖에 있다는 것이다.

'바깥으로 나가고 싶다' '탈출하고 싶다'가 아니라 시인
은 이미 바깥에 있는데, 집이라는 관념이 허공에 들어온
척하고 있다는 말이다.

시인은 집 안에 있으면서도 늘 집 바깥에 있는 존재이며
집 안에 있는 자신과 집 밖에 있는 자신의 두 가지 자아를
보이고 있다. 그것은 해리현상 같은 모습이지만 아프다.

시 제목이 「즐거운 나의 집」이지만 즐거운 집 같은가.

물론 '나의 집'이라는 그 소유격 사용이 강력한 자기
소유욕을 표현하고는 있지만, 그리고 '나의 집' 같은 표
현은 이미 서구적인 것이기도 하지만, 이 시에서는 '즐거
운 집'이 아니라 '즐거운 나의 집'이라는 강력한 자기 선
언이 있다.

즐겁지도 않다면 그 집은 이미 나의 집이 아니다. 그러면서도 '나의 집'이라고 표현한 것은 그래도 어쩔 수 없다는 체념과 포기의 자조가 있다.

「즐거운 나의 집」이라는 노래가 연상되는 이 제목은 그 즐거운 나의 집을 금방 뒤집는다. 즉, 즐겁지 않은 나의 집이다.

즐거운 집이거나 말거나 즐거운 나의 집이, 전에 이미 집 자체가 나가 버린 그 공간, 허공엔 유령처럼 관념처럼 시인만이 있다. 말장난 같지만 즐거운 나의 집에서 그 집이 나가버린 그 집은 어떤 집인가. 그것은 즐겁거나 어쨌거나 이미 집이 아니라는 말이다.

부정의 부정은 긍정이지만 부정의 부정의 또 한 번의 부정은 부정이다.

가령 다음과 같이 그 '즐거운 나의 집'이라는 문장을 놓고 논리학적 정오표를 작성해 본다. 가령.

즐거운 나의 집 = 나의 집(○)
즐거운 나의 집 = 집(○)

그런데 엄태경에 의하면.

즐거운 나의 집 ≠ 나의 집(○)
즐거운 나의 집 ≠ 집(○)

이다.

그렇다면 여기서 형용사 '즐거운'을 빼면 어떻게 될까?
형용사 '즐거운'을 빼면,

　　나의 집=나의 집
　　나의 집=집

이 되어 동어반복이기에 그 동일률은 성립된다.

　그렇기에 엄태경의 시에서 '즐거운'이라는 형용사는
'아니다'라는 말을 나타내는 부정사인 것이다. 즉, 영어
의 not, no, 한문에서의 非, 不, 無, 毋, 匪 등등과 같은,
논리학에서 다 '아니다'를 나타내는 'curl(~)'에 해당한다
고 볼 수 있다.

　수주대토守株待兎 같은 논리적 비약이며 견강부회 같지
만 엄태경에 의하면 '즐겁다'는 '부정어'다. 그 '즐겁다'가
어미 변화한 '즐거운'의 용례는 가령 '인간이 아니다'는
'인간이 즐겁다' 하면 된다.
　그러므로 '즐겁다'는 형용사가 갖는 의미망이 제거되
고 표백되어 종국에는 '아니다'가 된다. 그 '아니다'는 '없
다'이다. 그 역설과 반어는 아프다.

　그러므로 엄태경의 '나의 집'은 윤문을 하면 '없는 나의

집' 혹은 '나의 집이 아니다'로 독해된다. '즐거운 나의 집'이라는 그 명사구名詞句의 함의는 없어진 '나의 집', '없는 나의 집', '나의 집이 아니다' 정도로 의역된다. 엄태경처럼 임태경식 사유로 엄태경적 말투로 숨 가쁘게 방법적 회의 그 데카르트적 성찰을 해나가고 있는 중이다.

엄태경은 '즐거운'이라는 형용사를 부정어否定語로 사용한 최초의 시인이다. 그리고 그 상징성은 큰데 작위적이지 않다.

'즐겁다'라는 형용사가 그 '즐겁다'라는 기표와 기의를 일탈하여 즐겁지 않은 상태에 대한 역설과 반어적 사용이라 해도 그 '즐겁다'라는 언어 자체를 벗어나지 않은 상태인데, '즐겁지 않은 상태'를 역설과 반어로 표현한 게 아니라 그 자체가 '아니다' '없다'의 부정어로 쓰인 예는 충격이다.

그렇기에 엄태경에 의하면 같은 계통의 영어의 단어들 가령 delightful, pleasant, joyful, merry, glad, happy 등등은 다 no, not, never, non 등으로 치환된다.

반대로 '즐겁다'라는 형용사가 '아니다' 류類를 대언한다면 '즐겁다'의 반대인 '괴롭다'는 no, not, never, non 등의 반대의 위치에 놓인다. 그렇다면 '괴로운 나의 집'은 '나의 집'이다.

그렇다면 인생은 고해이기에 '견뎌할 세상'이라는 뜻인 '감인토堪忍土'인 그 '사바세계'도, 그리고 '온 세상'이라는 뜻인 그 '오이쿠메네'도 비로소 '있는' 세계다.

엄태경의 존재론적 세계인식은 그러한 괴로움을 통해서 존재확인이 되는 어떤 '느낌'이다. 여기서 감각이 즉자적으로 인식이 되는 접점, 그 섬광을 만난다.

그러므로 그「즐거운 나의 집」의 번안 가사 '즐거운 곳에서는 날 오라 하여도'는 엄태경에 의하면 그 자체가 성립이 안 되는 비문이거나 진언眞言이다.

그것은 마치 '없는 곳에서는 날 오라 하여도' 하는 말과 같다. 이 세상에 없는 곳 그곳을 '유토피아'라고 하지 않는가. 그러므로 '즐거운 곳'은 '낙원은 없다'라는 말로 그 도달해야 할 본령처럼 귀착된다.

물론 이 시는 그 제목 때문에 클리셰일 수 있고 쉬운 소재주의의 소산일 수도 있다.

그리고 시인은 그 자의식의 흐름 속에서 유영하듯 모노드라마를 잠깐 해 보일 수도 있다.

그리고 시인이 영사映寫한 시적 풍경이 르네 마그리트의「골콩드」같은 자기 자신의 무수한 도플갱어나 데자뷔의 한 장면일 수도 있다.

그렇다고 엄태경은 그 '집에서 집이 나가버린' 그 형용모순의 공간(이 이상엔 없다는 의미에서는 유토피아)에서 안 사는가?

그런 의미에서 엄태경의 이러한 시는 여전히 '삶의 세계'에서의 시이다. 처음부터 그 '집'이라는 건축물에 대한 공간적 인식이 없다면 이 시는 나올 수 없다. 그런 의미에서는 여전히 '집'을 인정하고 그 전제로 출발된 상상력이다. 모더니스트 엄태경은 그 집에서 무엇을 할까. 엄태경은 다음과 같이 아마도 식구들을 위해 닭 한 마리를 고기도 한다. 이 역시 그가 ㄱ의 살로 그린 그림이다. 그 '펑'과 같은 우연이, 필연이, 그리고 그 어떤 '개연성 없음'이 우리를 울게도 만든다. 그리고 마침내는 웃게도 만든다. 마치 시 「일어나 어서」에서 보이는 우연과, 필연과, 그 개연성 없는 어처구니 없음 속에서의 '쩻 죽는다' 하는 감동처럼 말이다.

'식구들이 입을 닫고 깊이 잠든 밤'이지만 그 식구들이 등장하는, 식구들이 있는 그 집은 비로소 엄태경의 집이, 그리고 우리 모두의 집 같은 집이 된다.

압력 밥솥 안에 다리를 꼬고 있던 닭 한 마리
못 살아 이렇게는 앙탈을 부리며 튀어 나가려는데

펑

가지마다 걸려 있는 꽃들이 밤늦도록 노래를 흥얼거리고 이게 뭔 가락이여 가물가물 주름진 그녀 달싹거리던 틀니를 빼 자리끼 안에 풍덩 던져 놓는다 밤새도록 틀니는 꽃 노래 따라 부르려는데 난데없이 콱 입을 틀어막아 이 닭 모가지

식구들이 입을 닫고 깊이 잠든 밤 시들시들한 그녀가 주

방 한구석에 웅크리고 앉아 있다 일발 장전 번쩍 어둠 속
에서 술병이 각을 잡는다 나를 위해 쏴 단 오 분 간격으로
이어 연속장전에 신 나는 사격이다 너덜너덜해진 닭 내장
이다

　　혼자 누워 있다 얇은 시트 자락 아래 오톨도톨한 소름
한 꺼풀 뒤집어쓰고 이미 세상 반대편을 향해 손을 내민
배 속에 아이는 아주 깊은 잠속에 들었다 제 나이를 몇 번
이나 꿀꺽 삼킨 듯한 그녀 덜덜 떨리는 입술로 바삭하게
구운 닭 다리가 먹고 싶어

　　감쪽같이 사라졌다
　　닭 한 마리

　　펑
　　　　　　　　　　　　　　　　　— 「닭 한 마리」 전문

　압력밥솥 같은 집이지만 그 압력밥솥은 집 안에 있다.
집은 집이고 압력밥솥은 압력밥솥이라는 동일률이 성립
되면서 동시에 엄태경은 엄태경이다. 압력밥솥은 취사
도구 아닌가.
　그 '펑' 소리에 '이미 세상 반대편을 향해 손을 내민 배
속에 아이'는 그 세상 반대편의 반대편을 향해 손을 내밀
고 그 '아주 깊은 잠 속'에서 깨어날 것이다. 그리고 방긋
방긋 웃을 것이다.

엄태경 특유의 앙장브망이 돋보이는 엄태경의 시편들 속 도처엔 따스한 유머와 위트가 숨어 있다. 그 따스한 유머와 위트는 마치 보물찾기처럼 엄태경의 그 아픔을 본 사람들의 눈에서만 보이게 될 것이다. 그리고 그 유머와 위트는 상처에 새살이 돋게 할 것이다.

풍경도 사상이라면 시인 자신마저 대상화시킨 다음과 같은 풍경은 이제 시인의 사상을 넘어 우리의 사상이다.

상가건물과 아파트 벽 사이
검은 우산이 펼쳐진다
무겁게 쏟아지는 햇볕 아래
우울한 그늘이 생기고
차례차례 담아놓는 호박잎이며 상추가
새파래진 입술을 잘근 물고 있다

시장까지 들어갈 것도 읎써
푸성구는 죄다 여기서 사면 돈 버는 거여
맨날 나와 있으니 요리로 와 알었지 응

어정대며 혼잣말이 따라와서
슬쩍 돌아본다 검은 우산 아래
구부러진 뒷모습 푸성구 할머니
허리가 접히도록 외로우셨나 보다

　　　　　　　　　　　　　　　　—「짠한 오후」 전문

그 '상가건물과 아파트 벽 사이' '펼쳐진 검은 우산'도 '집' 아닌가.

엄태경의 집은 삭제되고 증발되고 해체된 집이며 '집'이라는 어떤 표상의 부유물이다. 그 부유물의 피안에 혹은 차안에 비로소 집을 짓는 많은 '엄태경들'이 보인다. 그들은 즐겁거나 즐겁지 않다. 그러면서도 엄태경의 그 집에 거하는 무수한 '엄태경들'은 '산낙지회'나 '산낙지회 먹는 인간'으로 살아 있다. 아니 '외로우셨나보다'(『짠한 오후』)처럼 살아있나 보다. 그 '살아있나 보다' 정도의 관심과 추정으로 그 각자 고립된 많은 '엄태경들'이 친해질 것이다. 그리고 어쩌면 구원을 받을 것이다. 아니 어쩐지 그럴 것만 같다. 엄태경의 그 '집'은 여전히 따뜻하니까. 그리고 살아 있는 '몸'은 늘 따뜻하니까.

형용사와 명사 등 본질적으로 술어인 몇몇 단어들이 부정어로 쓰이고 있음에도 그가 전복시키고 왜곡시킨 그 집들의 산재 혹은 연속으로서의 세계는 그의 그 '보이지 않는 손'의 '사포질'(『하루 죽도록 달리다』)을 거치면 이루 말할 수 없이 정교하고 투명한 세계로 빛난다. 고대 희랍의 여사제 같은 시인이 가끔은 악동같이 상냥하고 귀여운 모습으로 도심을 출몰한다는 것은 축복이다. 그 은총에 감사한다.